Livro escrito por:

_____

João e Maria foram deixados na floresta pelo pai por ordem da madrasta. Eles tentaram voltar para casa, mas os pássaros comeram as migalhas que eles deixaram no caminho.

Sozinhos na floresta, os irmãos encontraram uma casa toda feita de doces e, quando entraram para saborear as guloseimas, acabaram presos por uma terrível bruxa.

A bruxa fez de Maria sua empregada e prendeu João. Dias depois, ela acendeu o forno para assar João, mas em um momento de distração, Maria empurrou a malvada para dentro do forno.

Antes de fugirem, João e Maria encontraram um baú cheio de moedas de ouro e...

O Lobo chegou primeiro na casa da vovó e prendeu-a no armário. Quando Chapeuzinho Vermelho chegou, o Lobo se passou pela vovozinha para tentar devorar a garota.

Quando Chapeuzinho Vermelho percebeu que era o Lobo Mau, ela...

_____
_____
_____
_____
_____
_____
_____

A menina entrou na casa e encontrou três cadeiras de tamanhos diferentes. Ela sentou em todas e acabou quebrando a menor delas.

Na cozinha, Cachinhos Dourados encontrou três tigelas de mingau e experimentou um pouco de cada uma. Já cansada, ela foi até o quarto e deitou-se na menor das camas.

Quando acordou, Cachinhos Dourados deu de cara com os três ursos moradores da casa e...

_____

_____

_____

_____

_____

Os três porquinhos decidiram construir, cada um, a sua própria casa. O porquinho mais novo fez uma casa de palha, o do meio, uma de madeira e a mais velha, uma de tijolos.

Certo dia, o Lobo Mau apareceu na floresta e soprou forte a casa de palha do porquinho mais novo. Ele teve que correr para se esconder na casa de madeira do irmão do meio.

Os três porquinhos ficaram juntos e, quando o Lobo Mau chegou para soprar a casa de tijolos, eles...

_____

_____

_____